KB237163

문학과지성 시인선 228

날다람쥐가 찾는 달빛

유진택 시집

문학과지성 시인선 228
날다람쥐가 찾는 달빛

펴낸날 / 1999년 8월 10일

지은이 / 유진택
펴낸이 / 김병익
펴낸곳 / ㈜**문학과지성사**
등록번호 / 제10-918호(1993. 12. 16)

서울 마포구 서교동 363-12호 무원빌딩(121-210)
편집 : 338)7224~5 · 7266~7 FAX 323)4180
영업 : 338)7222~3 · 7245 FAX 338)7221

ⓒ 유진택, 1999. Printed in Seoul, Korea
ISBN 89-320-1092-7

값 5,000원

* 잘못된 책은 바꾸어드립니다.
* 지은이와 협의에 의해 인지는 생략합니다.

* 이 책의 판권은 지은이와 문학과지성사에 있습니다.
  양측의 서면 동의 없는 무단 전재 및 복제를 금합니다.

문학과지성 시인선 228

날다람쥐가 찾는 달빛

유진택

1999

시인의 말

자본과 권력이 누르는 이 땅에도
사랑이 존재할까?
그대들이여, 나의 시집 한 권이
사랑에 목마른 자들의 갈증을 풀어줄 수
만 있다면……

1999년 8월
유 진 택

날다람쥐가 찾는 달빛

차 례

어느 날의 재림

장수하늘소는 안테나를 높이 세워
이승의 고단한 현장을 포착한다
갈참나무숲으로 트인 푸른 하늘 속으로
궁전 같은 구름 몇 점 흘러가고
장수하늘소는
그곳 황금빛 옥좌에 쉴새없이 타전을 한다

세상이 너무 소란해요, 하느님
어느 날 소리 없이 재림해주세요

떠도는 풍문 1

저 소나무의 뚝심을 보아라
한 해 동안 국방색 잠바를 걸치고
요동치는 산을 떠받치고 있는 저 굳건한 대열을 보
아라
세월은 가고 살랑이는 바람소리 하늘에 졌어도
소나무는 아직도 서릿발 성성한 군홧발로 서 있으
니
소나무는 짐짓 무언가를 그리워하는 것이다
흰구름 굽이치는 먼 산을 바라보며
먼 산 밖 떠도는 풍문에 귀기울이며
투덜거리며 퍼붓는 겨울 산의 눈보라를 맞는다
한걸음에 내처 달려가
세상 밖 풍문을 깨부수고 돌아오고 싶지만
순진한 나무들 필사적으로 팔 벌리며 앞을 막는다
그래 알았다, 내 세상 밖으로 가지 않으마
그래도 푸른 양심이 남아 있는 이곳
우리 함께 키 낮추며 살자고 소리치는 청산이 제일
좋아라
소나무는 그래서 다정히 감싸주는 순진한 나무들이
즐겁다

그들과 푸른 머리 파뿌리 되도록 백년해로 하자고
소나무는 독야청청 뚝심만 기르고 있다

정비소에서

온몸이 쑤시는지
끙끙 앓는 헌 차는 오랫동안 목쉰 소리를 낸다

손놀림이 노련한 기사가
헌 차 속을 곰곰이 살펴보더니

"이거, 너무 망가졌군요. 성한 곳은 하나도 없어요
어쩔까요. 그냥 폐차시켜버리지요"

이렇게 말을 하자
달달달 경련을 일으키던 헌 차는
갑자기 숨이 뚝 끊어져버렸다

"정말 안됐군요
이 놈도 제 무덤으로 가려면 그냥은 편히 못 가요
명당 자리 잘 잡으려면
견인차에게 돈이라도 한 다발 집어줘야 되니까요"

아, 이 잡놈의 세상,
사람이나 헌 차나
한 운명 같이 타고 난 죄로 인연 참 기구하군요

내시경 검사를 하며

병든 뱃속을 훑어보니
여태까지 살아 있다는 것이 신기하다
하이타이 같은 독한 물질로도 씻어내지 못할 병,
뱃속은 이미 폐허 상태다
간은 부어 있고 위장은 녹슬어
긴 창자 막창까지 절망만 쌓여가는데
저 많은 노폐물들을
얼마나 걸러내야 뱃속이 편안할는지
갈수록 무너져가는
이 나라 슬픈 운명처럼
병든 뱃속에선 역겨운 냄새만 난다
이제 날고 뛰는 의사의 힘으로는 어쩔 수 없다
세월이 약이듯 세월만 믿고 견디는 것
무력한 의사의 얼굴도 그저 놀란 빛이다

달콤한 사랑

꽃망울을 열어제치는 그 힘은
간지러운 햇살이 아니다
싱그러운 봄바람도 아니다

처량한 벌 하나가 길을 잃고 헤매다가
문득 꽃망울을 두드려
꽃문 활짝 열어제쳤나니

반가워라
꽃 속 환한 궁전에는
벌떼들 애타게 기다리는 지천인 꽃가루들

암술과 수술들이 마주보고 앉아
달콤한 사랑을 나누며
부푼 희망 같은 열매 하나 갖자고
온종일 속삭이나니

숯 1

차라리 숯이 되는 것이 백 번 옳았어
결 고운 가구가 된 것을 뼈저리게 후회했지
부잣집 방안에 턱 버티고 앉아
수다떠는 여자들의 입방아에 오르내리면
숯이 된 친구가 미치도록 그리웠지
차라리 그때 그 친구를 따라갔더라면
난 지금 속이 까맣게 탄 숯이 되어
긴긴 겨울 밤
가난한 사람들의 가슴을 녹여주는
사랑받는 화롯불이 되어 있을 것을

숯 2

나 죽으면 숯이 되고 말 거야
숯이 되어서 마음속에 쌓인 분노를 활활 불태우고
말 거야
나무꾼이 몰래 베어간 내 오래된 팔뚝과
굵은 외다리로 산 하나를 굳건히 떠받쳤던 한 많은
세월을
이글이글 달아오르는 불꽃으로 소멸시키고 말 거야
파란만장한 산은 산으로만 있어주면 그만이야
내 몸 하나의 순교로 산속이 조용해진다면
나무꾼 골백번 낫을 휘둘러도 무섭지 않을 거야

탐지기

달맞이꽃에는 탐지기가 붙어 있다
달만 뜨면 요행히도
샛노란 접시를 벌리는 저 정확성
달은 밤새도록 중천을 맴돌며 사랑의 전파를 띄우
고 있다

멸 치

그래, 너 잘났다
나 배 따면 똥밖에 없다. 어쩔래

거지는 마술사다

먹장구름이 걷어간 햇살을 돌려달라는 듯
늙은 거지의 빈 깡통이 허공을 향한다
지하철 입구로 걸어가는 수많은 대열이
빈 깡통 속에 동전 몇 닢을 던진다
아무것도 준 것이 없는데
도리어 돈을 달라는 거지의 얼굴이 낯뜨겁다
거지는 영특한 마술사다
칼 하나 쓰지 않고
돈을 얻는 거지는 노련한 이 땅의 마술사다

폭 포

산 깊은 골로 도랑물이
풀벌레 소리를 내며 곤두박질할 때
나는 그 물소리를 죽은 풀벌레의 영혼이 부르는 노
래로 알았습니다

홍수 전야 1
—불개미떼

고목나무 마른 가지를 타고
불개미들, 빨갛게 열받아 건너갑니다
그 대열이 숯불처럼 뜨겁습니다
폭발할 것 같은 뇌관을 숨기고
지겹도록 온몸을 달구며 갑니다
자칫하면 불개미들
마른 가지에서 떨어져 폭발할 듯
온 세상 바싹 긴장합니다

개망초도 자손을 퍼뜨릴 줄 안다

힘겨운 백성처럼
몸 낮추고 있는 개망초도 자손을 퍼뜨릴 줄 안다
다른 풀들 틈에 끼여 할 짓을 다 하고 산다
쓸모 없는 개망초, 자손을 퍼뜨려 무엇하랴만
포근한 봄날, 전쟁처럼 일어서는 황사 속에서
죄지은 듯 부지런히 씨앗만을 뿌린다
어딜 가나 개망초는
흰옷을 즐겨 입으며
이 땅의 힘겨운 백성과 함께 살고 싶었던 것이다

성 냥

오랜만에 덧문을 여니
쏜살같이 튀어나온 놈 하나, 분신 자살을 한다
얼마나 삶이 답답했으면 저토록 처절한가
온몸에 불이 붙어
속절없이 삶의 흔적 지우는 그대여
그 시절, 노동자들도 그러했으리
어둠의 두께 내려 덮이는 세상에서
미운 정치에 길들여진 자본을 깨기 위해
마른 육신에 활활 불을 지핀 채

어머니의 도리깨질

비몽사몽간에 듣는 매질 소리
들창문을 열고 빠끔히 밖을 내다본다
마당에 콩 다발을 깔아놓고
햇살을 소망하는 어머니, 그 뜨거운 삶을 눈여겨본
다
골백번의 매질을 멈추고
잠시 쉬고 있는 도리깨,
음산한 구름만 잔뜩 그 무거운 어깨를 짓누른다
도대체 무엇을 더 발설하라는 건가
아직도 굴복하지 않은 콩 다발들은
만신창이가 되어 섬뜩하게 저항의 힘을 기른다

우리 몸은 우리가 더 잘 알아
도리깨의 매질이 없더라도
오래도록 햇살의 따스한 손길만 받으면
스스로 입을 열게 되거든
그 무지한 매질은 치워버려
아무리 열올라 씩씩대고, 온몸 쇠잔하도록 고문을
해도
우린 입을 열지 않아

우리에게는 다정한 햇살만 필요해
무엇을 더 발설하라는 건가

대청에 누워 계신 어머니
번들거리는 땀을 씻을 새 없이
흰 수건을 꼭 졸라맨 때 전 모습이
힘에 부쳐 졸고 있는 고문 기술자 같다

김 치

맵고 짠 맛에 길들여져야만
비로소 제 존재를 찾는 김치는, 이제 배추가 아니었
다
저 너른 들판에
온전한 포기로 서서 몇 굽이 대열 이룬 것은
빨리 김치가 되게 해달라는 간절한 소망이었던 것
을,
왜, 몰랐을까
긴긴 여름 한철, 똥, 오줌에 범벅된 채
비바람의 고문에 견디면서도
배추들은 지겹도록 해탈의 꿈을 꾼다
그리고는 험한 세월을 감싸듯
눈물나는 인내심으로 겹겹이 잎새를 감싼다
그 잎새 하나하나가 우리들 입 속으로 들어가는 날
배추는 비로소 가식의 옷을 벗어던지고
제 존재의 참맛을 내는 것이리
그래서 배추는 저 너른 들판에서
부처처럼 수행을 하였나보다
맵고 짠 세상에서
제 존재의 빛을 밝혀줄 꿈에 젖으면서

면도를 하며

숲이 무성한 턱주가리를 보아라

불도저의 칼날 앞에 넘어지는
숲들의 힘 약한 자화상

온종일 씩씩대며
가쁜 숨 몰아쉬는 저 무쇠 덩어리의 오기

이 신성한 숲에
침략자의 푯대를 꽂아도 좋단 말인가

결국은 다시
무성한 숲이 돋아날 턱주가리에
하릴없이 정력을 허비해도 좋단 말인가

폐차장 풍경

황량한 들판 아래서 맘놓고 쉬고 있는 차들
한세월 겁없이 달리던 뚝심은 어딜 가고
이젠 기약없이 말년의 중병을 앓고 있다
그 같은 처지의 차들 여럿
무덤처럼 쌓여 파열된 내장을 움켜쥐고 있다
어둠을 함께 달려온 반딧불, 등불 훤히 켜서
속속들이 몸 속을 비춰보지만
세월도 세월이라, 등 돌려 고개 숙이는 체념
흉흉한 폐차장엔 유령의 울음 같은 바람소리 스산
하고
느릿느릿 내장 속으로 기어든 담쟁이덩굴
암세포처럼 삭은 뼈들을 갉아먹고 있다

다림질을 하며

주름진 옷을 펴듯, 설움에 얼룩진 밤을 펴라
활짝 피어나도 주름투성이인 꽃망울들,
그 절망의 순간 못 잊어 밤은 이토록 더디 가는가
밤 깊이 돌아앉아 어머니가 한숨을 쉬고 있다
달빛 차인 댓돌 밑, 답답한 봉창 속에서
우는지 웃는지 모를 귀또리의 사연 들으며
어머니는 다리미를 들어 주름진 밤을 편다
사랑이 숯불처럼 타는 밤
붉게 달아오른 다리미는
스르락스르락 한 맺힌 어머니의 가슴을 펴고 있다

하소연

무슨 고민이 저리 많은지

민들레는 빡빡머리가 되어 담장 밑 양지쪽에 쭈그
리고 있습니다

가끔씩 머리통이 박살나도록 담장을 치고 받으며

기구한 사연 더 들어달라는 듯 앙탈을 부립니다

제 자식들은 어디로 가는 겁니까

길마저 끊긴 막막한 땅에서

도란도란 웃음꽃 필 가정을 꾸미고 살 곳은 어디입
니까

늦은 가을날, 소묘

늦은 가을날, 두둑이 배가 부른 꽃들이
잘 여문 씨를 전부 흩뿌렸더니 그 아래 늙은 잡풀들
이 묻더라고요
몇 개만이라도 남겨둬야지 몽땅 다 버리면 어떡 하
느냐고,
괜찮다고, 내년에 다시 씨방을 두둑이 채우면 될 거
라고 했더니만
잡풀들은 안심된다는 듯 나풀나풀 어깨춤을 추더군
요

함 성

투구게의 대열이
무쇠 근육질의 집게발을 허공으로 들어올린다
그러다가 열받은 전경처럼
모래톱을 꽉 찍어 누르며 기어간다
두툼한 갑옷으로 무장한 채
핏발선 눈알을 핑그르르 돌리며
함성처럼 무너지는 파도에 맞서 싸울 준비를 한다
투구게의 대열과 파도 사이
80년대 풍경이 깔리고
물보라 같은 뿌연 갯내음
하루종일 최루탄처럼 코를 찌른다

대밭 참새떼

대숲이 둥굴게 새파란 몸뚱이를 굽힌다
적설이 쌓여 무거운 것도 아닌데
대숲은 제 품속에 무엇을 맞이함이랴
갑자기 참새 몇 마리 포르릉 날아
대숲 속에 깃들인다
아하, 그랬었구나. 저 대숲
강추위에 떠는 참새떼 눈시울 보다못해
딱딱한 가슴속 훤히 열어제쳤구나
비로자나불보다 더 포근한 손길로
대숲을 참새떼들의 극락으로 만들었구나

홍수 전야 2
—불개미떼

붉은 갑옷으로 무장한 병정들이
산을 넘고 강을 건너 떼지어 간다

한치의 흐트러짐도 없는
저 대열에 짓눌려
풀죽은 만물이 조용하다

그 앞에 턱 버티고 섰던 느티나무
길을 비켜서고
꼼짝 않고 있던 산 하나도 허약하게 길을 연다

갈대의 노래

누군가를 부르는 손길처럼
허공에 손을 뻗은 갈대가 울고 있다
그 울음 소리
두텁게 언 강물 지나
한겨울 그늘 깔리는 벼랑 지나
겨울 산 산허리를 친친 감고 있다

사랑이 그리운지
한나절 강가에 홀로 앉으면
외로움이 파묻지는 겨울 산자락,
눈은 하루종일 내리고
인적도 이내 끊어져
산길, 깊은 계곡마다 노루 발자국만 무성한데
누군가를 부르는 손길처럼
갈대는 여전히
허공에 손을 뻗으며 울고 있다

다도해

애초부터 떨어진 자식들을 손짓한다
내 몸의 일부였다가
어쩌다가 남남이 된 사연들,
간간이 그리움에 젖어
갈매기 몇 마리 보내 애원을 해봐도
냉큼 돌아서 앉는
내 옹졸한 자식들아

그래도 인정은 남았는지
텅 빈 배들을 보내 뱃고동으로
위안을 주고 가지만
그 빈 배 사라진 뒤는 왜 그리 쓸쓸한지
그리움 취한 물결만 소리 높여 운다

그래도 만날 날이 있겠지
눈물 닦고 보면
바로 눈앞에 아른대는 자식들
그러나 이제 너무 지쳐
그까짓 그리움도 산산이 부서져버리고
눈바람 치고 해일 덮치면

불안에 떠는 저 눈초리들

자식들아 굳건히 참아야 한다
너희들 무엇이 서운해
원수처럼 등 돌리고 앉아 있지만
이것만은 알아야 한다
이제는 늙어빠진 내 육신
더 이상 너희에게 도움줄 수 없다는 사실을,
우리 서로 마음만 열고 노래한다면
불러도 먼 거리 외롭지 않으리
손짓해도 먼 거리 슬프지 않으리

풀꽃과 어머니

어머니는 죽어서 별이 된다고 했지
뙤약볕 아래 풀밭을 매다가도
행복한 사람들만 모여 사는 별이 된다고 했지
밭고랑에 별을 닮은 풀꽃들
힘없이 떨어지면
어쩌나, 저 별들
어머니는 소스라치게 놀랐지
밭고랑에 풀꽃들 다 떨어지면
하늘의 별들도 떨어진다고 했지
그러면 별이 없는 하늘에 갈 수 없다고 했지
행복한 별사람들 얼굴에 그늘이 깔리면
이 땅에도 슬픔이 내려온다고 했지
그래서 밭고랑의 풀꽃만 떨어져도
어쩌나, 저 별들
어머니의 마음은 애타게 흔들렸지

칡덩굴, 감전되는 사랑

날밤 새워 산등을 타고 오르는
무성한 칡덩굴을 보아라
산등 너머 대체 뭐가 있길래 저렇게 끈질기냐
그리움을 찾아 죽음까지 내버린 사랑이
불현듯 산등 위 칼바람까지 잠자게 하는구나
참 고요해라
햇살 스미는 산등이 주름살 서서히 펼 때
칡덩굴 줄기 끝으로 감전되는 사랑
어느 순간 짜릿짜릿 터져버릴 꽃망울들
저 연한 보라색 속살 속에
깊이 자고 있을 우리들의 사랑,
아득한 산등을 타고 오르던 칡덩굴의 꿋꿋한 힘이
우리들 나약한 허리춤을 일으켜 세울 때
무너져가는 이 세상도 환한 희망으로 꽃피게 되리
칡덩굴의 질긴 사랑처럼
온 산들에 보라색 꽃잎으로 수놓게 되리

속죄하는 버드나무

구름 깔린 냇가를 따라
고개 숙인 버드나무를 본다
땅에 닿을 듯 풀어헤친 머리칼을 흔들며
버드나무는 한 생애 씻을 수 없는 속죄를 한다
미안하오, 다 내 책임이오
냇가를 따라 내려오는 폐수가
문명의 껍질을 껴안고 신음할 때
지옥의 범람 속으로 자결하는 버드나무의 꽃잎들
그 슬픈 추억의 풍경을 보듯
이내 우울해지는 시냇가
힘없는 약골로 꽃잎을 건지려는
길게 손 뻗은 냇가의 풀들을 보면서
부황 든 세상처럼
냇가에도 서서히 내려앉는 죽음의 그늘을 본다

벌촛날

땡피들이 필사적으로 내 앞을 막는다
오랜만에 벌초를 하러 온
내 손이 부끄럽다
무덤의 풀들은
분노처럼 쭈뼛쭈뼛 솟아 있고
멀쑥히 키만 큰 망초들이
낙루 같은 꽃잎들 하얗게 쏟아낸다
아버지는 나를 잊었는지
부르는 소리 들리지 않고
낯선 풀들과 지낸 몇 해 세월만 아쉬운지
무덤가에는
아버지의 손길 같은 햇살만
다정히 앉아 있다

어느 실직자의 변

풍구질을 한다
몇 해 만에 내려와 돌려보는 풍구질,
잠시 기력 잃은 손으로도 풍구는 잘도 돌아간다
알맹이는 풍구 앞에 쌓이고
쭉정이는 멀리까지 날아 흩어진다
아, 야속하구나
산들바람 술렁대는
이 넓은 들판에도 치열한 생존 법칙이 있구나
순금빛의 햇살을 받아
차별 없이 익는 것 같아도, 그대들끼리
눈에 보이지 않는 경쟁을 하는구나

들판을 보니 잠시 허망해진다
그 오랜 세월 삶의 비명에 도시는 무너져가도
이 들판만은 풍성한 가슴으로
날 맞아줄 줄 알았는데
풍구는 인정 없는 들판의 주인처럼
알맹이와 쭉정이를 마구 골라낸다

이제는 어느 곳에도 쉴 수 없는

나의 자리
알맹이들만 남고 쭉정이들은 영혼처럼 흩어진
거대한 빌딩숲을 생각하며
나는 쫓겨난 쭉정이가 되어
열심히 풍구질만 해댄다

땡볕 속의 돌격대들
―콩들의 분노

땡볕이 한나절 콩 다발을 들볶아댄다
마당에 늘어놓은 콩 다발들이
온몸을 비틀더니, 한 놈 두 놈 분통을 터뜨린다
성질 급한 놈은 제 배를 갈라 자결을 하고
그 뒤를 따라 줄줄이 순교하는 돌격대들,
얼마나 들볶였는지, 콩깍지 속에는
이 땅의 가슴앓이 같은 담석들이 몇 개씩 들어 있다

총소리, 화약 냄새

꽃들이 불을 뿜은 것인가
낡은 기와집의 뒷산이 붉다
진달래, 철쭉꽃 총구를 세우고 있는 저녁나절
날개 쭉 퍼뜨리고
죽어 있는 꿩 한 놈
내 마음속으로 무참히 총소리 지나간 뒤
훅 끼쳐오는 꽃 향기
화약 냄새처럼
낡은 기와집을 오래도록 감싸고 있다

작동하라, CC 카메라

오늘도 CC 카메라는 작동중이다
차들이 질주하는 거리 곳곳에
저승 사자처럼 서서 그들의 꽁무니를 추적한다
규정 속도라는 법규를 위반한 차는
이내 CC 카메라의 마음에 입력되고
그때부터 차는 시한부 인생을 살아야 한다
애써 CC 카메라의 눈길을 피한 것 같아도, 아니다
CC 카메라의 눈은 매서운 것이다
저승 사자 같은 부리부리한 눈만 봐도 오금이 저리
는데
그 앞에서 자유롭게 활보할 차들이 어디 있으랴
그렇지만 차들은 CC 카메라를 의식하지 않는다
그들이 지키고 섰는 길목만을 거북이걸음으로 서행
할 뿐
CC 카메라가 없는 지점에서는 죽음의 질주를 한다
작동하라, CC 카메라
안개 가린 지점이나 사고 다발 지역에 홀연히 나타
나
번갯불을 번득이며 차들을 포착하라
차들의 질주만큼 혼란한 세상이나

　파도처럼 들썩이는 사람들의 헛된 욕망까지 잠재워
라
　그래야만 세상은 조용하리라
　작동하라, CC 카메라

수탉이 정승보다 높다

수탉이 정승보다 높다는 것을
수탉은 붉은 벼슬을 살며시 세워 보여준다
노을이 자글자글 타들어가는 저녁나절,
저 발산하는 붉은 빛에 놀라
잡새들이 도망을 친다
순식간에 쌓이는 적막,
눈부신 지저귐이
잡새들의 뒤꽁무니에 묻어 달아날 때
깃털도 놀라 보풀보풀 떨어지고
수탉은 정승보다 더 높은 자세로 모가지 쭉 빼고
오금이 저릴 듯 거나하게 고함 한번 질러댄다

새우에게

바닷속이 그렇게 춥니
아니면 죄를 지었니
다른 놈들은 허리 꽂꽂이 펴고 사는데
넌 왜 그 모양이니
매일 허리만 구부리고 있니

청정 지대
—갈치의 심판

죄 많은 물고기들은
모두 내 손에 죽을 줄 알아라
낚시꾼이 던져주는 미끼의 떡밥을 먹고
포동포동 살찐 자들이여
한번 물면 죽기 전엔 놓지를 않는
저 미련한 권력의 맛이여
조심하거라, 무성한 물풀 그늘도
죄 많은 그대들을 숨기기엔 역부족이니
오늘부터 날선 칼날 같은
내 몸뚱어리를 휘둘러
이곳을 청정 지대로 선포하리라

해 빙

빗방울 맞아 한없이 허리를 휘는 들풀이여
그 멍든 살갗에서 겨울이 풀리는 소리를 듣는다
꿈결 같은 봄 노래가
아기의 발걸음으로 뒤뚱뒤뚱 다가오는 풀숲에 누워
무작정 하품을 해대던 풀여치들이 졸린 눈을 비빈
다
이제 이 땅은 충만한 행복이다
그전에는 이렇게 눈부신 날이 없었으므로

탄 차

　방금 탄굴에서 빠져나온 탄차가 까맣게 탄가루를
쓰고 있다
　천 년 동안 가슴에 옭아맸던 죄를 다 풀어헤친 먹뱀
처럼
　해방의 기적 소리 산자락을 울렸다
　그 소리에 놀라 술렁술렁 온몸을 흔드는 나무들,
　오랜 세월 죄처럼 쌓인 탄가루를 미련 없이 털고 있
다

대나무

내 몸이 텅텅 비었어도
몸이 꽉찬 그대들보다
더 푸르른 정절을 간직하고 있다네
비바람이 번갈아 날 위협해도
끝내 날 꺾을 수 없는 건
그대들 우글대는 욕망 때문이지
그대들, 욕망을 벗어던지게
한철 몸을 휘감았던 거추장스런 옷들이나
몸 속 구석구석 늘어진 내장까지 죄다 내어버리게
그리고는 날 상대하게
한결 가벼워진 몸으로
이 풍진 세상 맞서기는 그래도 텅 빈 몸이 제일 좋
다네
팔팔하게 힘이 솟는다네
날 보게, 누가 뭐라 해도 곁눈질 없이
욕망을 버리고 살았더니
내 텅 빈 몸에서는 둥둥 퉁소 소리 들린다네

날다람쥐가 찾는 달빛

어지럽게 누운 낙엽 속으로 달빛이 숨어들자
날다람쥐 쏜살같이 나무에서 뛰어내려 낙엽을 파
헤칩니다
낙엽 속에 깊이 묻어놓은 보물을 찾듯이, 밤새도록
낙엽을 뒤집니다
그렇게 흥건하던 달빛이 다 어디로 갔을까요
달빛은 낙엽 아래 흙 속으로 빨려들어 달맞이꽃 뿌
리로
스며든 것은 아닐까요

밤 꽃

흰 탯줄처럼 늘어진 밤꽃들이 술렁대고 있다
어머니의 뱃속 같은 허공 속에서
탯줄은 끊임없이 구수한 꿀젖을 빨아올린다
탯줄이 말라붙어 배꼽이 될 때에
밤톨은 비로소 심장의 박동 소리를 내는 것이니
새 생명이 태어나는 밤은 그만큼 거룩한 것이었다

민들레의 왕국

민들레 홀씨가 산맥을 타고
강물을 겁없이 뛰어넘는 것은 제 자식들에게
죽어도 후회 않을 땅 한 평을 물려주기 위해서다

부잣집 담장 밑에 앉아 한겨울을 오소소 떨거나
철없는 아이의 손에 꺾여
식물 채집을 당하는 수모를 겪지 않기 위해
민들레는 제 홀씨들을 천리 밖으로 날려 보낸다

사람들의 손이 미치지 않는 그곳에
둥지를 틀고, 민들레는 제 조상이 바라던 대로
눈부신 왕국을 이루며 살고 싶었던 것이다

저물 녘 길 위에서

저물 녘 어둠이 적군처럼 밀려오고 있네
누군가 와서 길 물어볼까 두려운 길 위에서
나무들은 잎을 풀어 무성히 제 몸 감싸네
그 순간 달이 교교히 길 위를 비추네
검은 구름을 풀어헤친 여신처럼
달은 어둔 길을 풍성한 웃음으로 밝히네
길 한쪽의 매화나무 그 웃음에 놀라
젖 같은 꽃 하얗게 퍼질러놓네

쓰레기란 누명을 쓰고

어두운 음부 속에서
하루종일 회개하는 쓰레기들, 그들의 죄상이 궁금
하다
구김없는 얼굴과 착한 행실로
한세상 열심히 살아왔을 그들,
그러나 세상일이란 어쩔 수 없어
자신도 몰래 쓰레기가 되었다
무슨 큰 죄를 지었기에
빛이 차단된 음부 속에서 자신을 되돌아봐야 하는
가
흠집이 생길까봐 열심히 닦고 문지르다가
맘이 변하면 사정없이 내팽개치는 세상의 병폐여
인간들의 몹쓸 버릇이여
죄 없는 그들, 음부 속에서 지치고 눌리지만
구제 불능인 세상이 미련 없으리라
언젠가는 쓰레기란 누명을 쓰고
세상 끝 난지도 무덤까지 가는 한이 있더라도
비겁하게 새 삶을 구걸하지 않으리라
오히려 큰 불꽃이 되어 허공 가득 타오를 때
그 불꽃의 광활함이 몹쓸 세상 병폐 녹일 수 있다면

그보다 더 빛나는 일이 어디 있으랴
졸지에 쓰레기가 된 그들은
쓰레기란 누명이 더 빛나 보일지도 모른다

매 미
—세상 사는 법

지겹도록 놀고 먹으면서도
노랫소리 하나만은 일품이어서
나무에 앉았다 하면 노래부터 부른다
그 노래 속에 마약이 섞였는지
내 마음밭 멀리 물안개 같은 졸음이 깔리고
그 졸음에 녹아 고단한 세상 한없이 늘어져도
사람들은 매미를 욕하지 않는다
매미는 매미대로 한세상 사는 법이 있기 때문이다

나비의 꿈

단절된 방안에 갇혀
세상을 개혁하는 일은 꿈이라네
우선 자네 몸부터 변화시키게
생각 없는 돌처럼 웅크리고 있지 말고
뼈아픈 수행을 하게
부처도 인간이란 걸 자네는 왜 모르나
7년 간 수행 끝에 부처가 되었다는 사실을 왜 모르
나
히말라야는 바로 단절된 방이라네
자네가 갇혀 있는 그러한 방 말일세

우리 시대 변학도들

참아라, 참는 길밖에 없다
이곳처럼 모진 땅에서는 참는 게 약이다
풍선처럼 꽉차 있는 분통을 터뜨려도
조정의 대신들은 눈 하나 깜짝 않는다
그것이 그들의 오랜 관행이란다
그 관행을 깨기엔 우리의 나약한 힘은 한낱 도루묵
이다
뇌물을 먹고, 나라를 망쳐도
그들은 화살을 곧장 우리에게 겨눈다
그러면서 그들은 높은 누각에 올라
맛깔스런 음식으로 하루종일 방탕한 주연을 베푼다

기 적

바싹 마른 잎들이
울컥 바닥으로 던지는 것은
우리가 풀 수 없는 물음표
고치고 고쳐도
원점으로 돌아오지 않는 심각한 구제 불능
내가 발 딛고 있는 이 땅이
그래도 망하지 않는 것은 정말로 기적이다

전등을 켜는 나무

겨울 한철을 넘긴 나무는
새 손님을 맞듯 가지마다 전등을 켠다
어두운 산속, 길 잃은 손님을 위해
전등은 저리 환하게 타오르는가 보다
얽히고설킨 나뭇가지를 따라 전류가 흐르고
저기 보이지 않는 손이
쓸쓸히 남은 빈 가지를 위해 스위치를 누른다
가지 끝이 타들어간다
휘영청 전등이 켜진다
어디선가, 철없는 아이들 몰려와 눈독을 들인다
아이들아, 그 가지에 손대지 마라
꽃가지 꺾다 잘못하면
감전되어 타 죽을지 몰라
모처럼 산에 왔다가
불에 타 죽은 산귀신이 될지도 몰라

그의 설법

그의 설법을 들으러 새벽 산에 올랐습니다
낙엽 속에 숨은 노루귀꽃이
쬐끄만 귀를 열고 말없이 앉아 있습니다
빛보다 더 눈부신 설법,
세상을 보는 눈으로는 대체 알아들을 수 없는 그 설
법이
햇살처럼 새벽 산자락을 감쌌습니다
삶이 고되어 등 돌렸던 꽃들과 목쉰 짐승들
그리고 산 너머로 달아나는 바람이 한데 모여
그 설법을 잘 익은 꿀밤처럼 맛보았습니다
그래서 새벽 산은 눈부셨습니다
내일도 오늘처럼 눈부실지 아무도 모릅니다

씨앗론

하느님이 보시기에
이 미세한 씨앗도 우주이다

각각의 삶을 분담한 정보들이
우주 속 인간처럼
씨앗 속에 가득 들어 있다

현미경을 통해야
훤히 볼 수 있는 미시의 세계,
그 속에도 길이 있고 생명이 있다

꿈틀대며 씨앗을 뚫고 나오는 줄기와
무작정 우주 밖으로
인공위성을 쏴 올리는 인간들, 무엇이 다르랴

그래, 딱 맞다
하느님이 보시기에
이 동그란 우주도 씨앗이다

떠도는 풍문 2

벌떼처럼 흩어지는 눈보라
떠도는 풍문처럼
험한 욕설을 물고 웅웅거린다
요즘 같은 세상에
저 풍문 잠재울 수 있을까
속 터지는 사람들의 마음에 스며들어
한 줄기 감격의 눈물로 출렁거릴 수 있을까

굿 춤

알록달록한 무당벌레가
육교처럼 휘어진 풀잎을 넘어간다
마치 시퍼런 작두날을 타는 무당처럼
울렁울렁 풀잎을 타는 무당벌레의 발끝이 노련하다
물안개 속에서 스쳐오르는 지난날 슬픈 추억처럼
무당벌레의 발끝에서 구르는 저 절묘한 굿이여
이것이 병든 세상을 위한 치유라면
그 굿 얼마든지 해도 좋으리
부황 든 풀잎에 푸른 피가 흐르고
그늘진 세상 무성한 풀들이 뒤덮는다면
그것만큼 더 좋은 굿은 없으리
무당벌레여, 울렁울렁 풀잎을 타라
시퍼런 작두날을 타는 무당처럼

대밭 풍경

무슨 회한이 저리 많아
속이 텅텅 비었을까
댓잎은 스르르 달빛 속에 잠기는데
길 잘못 든 밤새, 꾸르르 울고 있다
하늘 높은 줄 모르고 치솟는 오기로
칼날 같은 잎새 무성히 흔들며
스르락스르락 칼을 가는 자유여
그 소리에 놀라 달아나는 새떼들,
얼마나 허약한 이 시대의 상징인가
구름은 급히 몰려와
모처럼 꽃 핀 한 폭 풍경이 창피하다고
새떼들을 미련 없이 지운다

가지 말아라, 대밭으로
약골인 너희놈들 대밭 풍경 다 망치겠다

연예인 공화국

눈물 많은 땅에는 연예인들만 산다
텔레비전 채널마다 그들의 웃음이
전파처럼 쏟아져나온다
화려한 옷가지와 분 칠한 얼굴들,
험란한 70년대 광대들은 호시절 만나 스타로 대접
받고
스타들은 하늘의 별보다도 더 높은 곳에서
우리들을 유혹한다
돈줄이 바닥나고
노숙자들 눈물밥에 자존심을 구겨도
텔레비전은 채널마다 미인계만 쓴다
배고픈 우리들, 허튼 생각 말도록
연예인을 상품으로 내걸어
텔레비전 화면에 시선을 붙잡아둔다

빙판 속의 풍경

겨울 저수지에 가보면
물결이 왜 저리 쉽게 잠들어 빙판을 이루는지
봄에서 가을까지
청산에 비친 산 그림자 너무 푸르러
나무들마다 그 시절 잊지 못하고 몸부림칠 때
겨울 저수지는 긴 겨울 만나
영화막 같은 빙판 속에 그 풍경 잠재우려 했네
구름 속 늦은 햇살이 가끔씩
빙판의 속살 깊이 따스한 온기 찔러넣어도
한겨울 풍경을 고스란히 빙판 속에 저장시킨 물결
은
끝내 꽁꽁 언 마음을 풀지 못하네

단풍에게

무엇 때문에 너 혼자 세상을 불 밝히니
온몸 발갛게 열불이 올라
검은 그늘로 둥지 튼 산속을 타들어가니
그렇게 해봤자
소용없는 일이란 걸 뻔히 알면서,
거저 바라보는 사람들은
감탄만을 연발할 뿐, 속 터지는 너의 마음을 어찌
알겠니
몹쓸 인간의 폭력 앞에
그 많던 나무들이 산을 잃고 헤매는 시절을 어찌 알
겠니
언제까지 불을 밝힐 거니
검은 산에 햇살이 들고
나무들이 수런수런 웃음을 찾을 때까지
밝게 불켜들고 데모하겠니

환상, 밀레니엄 버그

곧 공포의 시대는 다가오리라
꽃들은 예전처럼 눈멀어 피고
사람들은 일에 매달려 파죽이 되어도
약삭빠른 기계들은 눈치채지 못하리라
성큼성큼 저승 사자처럼 다가오는 환상이
이십세기말 문명을 쑥대밭으로 만들어도
실어증에 걸린 과학이여
참담한 미래여
너 밀레니엄 버그로 하여
세상은 분명 공포증을 앓으리니
우리들이 품었던 희망, 천년 왕국은 어찌 하리오
지금 주변을 살펴보니
꿈결 같은 환상으로 뭉쳐 핀 꽃들,
서로 어깨 걸고, 얼굴 맞댄 채
어찌 할 거나, 대체 그날을 어찌 할 거나

돌대가리들
—수탉에게

탱자나무 울타리 앞을 수탉이 기웃거렸다
무슨 비밀이 그리 많은지, 울타리 너머 텃밭은
풀들이 무성한 잎을 내려 땅을 덮고 있었다
말하자면 탱자나무 울타리는 비밀의 경계였다
그 울타리가 무너지면 세상이 끝장날 듯
탱자나무는 가시를 걸어 한겹, 두겹 바람의 틈새까
지 막아버렸다
그럴수록 수탉의 호기심은 더해갔다
수탉은 고개를 쭉 빼고 꼬르륵꼬르륵
탱자나무 안으로 들어갈 궁리를 하는데
해가 져도 그 방법을 찾지 못했다
수탉은 이제 날아오르는 것을 잊은 것이다
날개가 있으되 써먹지 않는 날개,
제 존재를 깨닫지 못하는 수탉은 이제 새가 아니었
다
그러면서 마음껏 하늘을 나는 뭇새들이 그리워
가끔은 하늘을 보며 탈탈탈 홰를 쳐대는 그 모습이
바로 어리석은 이 땅의 우리들이었다

제방길

무성한 소풀 허리 펴는 제방길
해를 가린 구름들이 내려 깔린다
채 피지도 못한 풀꽃망울 무참히 흔들며
폭풍 한 줄기 회오리바람으로 휘몰아온다
놀란 듯 낮게 포복하는 꽃망울들,
무지한 위험 앞에서 마음을 다스릴 줄도 안다
저렇게 폭풍이 자지 않고 제방길 흔들면
피다 만 꽃망울 어떻게 될까
외로운 땅에 씨앗 하나 박지 못하고
그냥 허허로이 빈 무덤으로 돌아갈까
수시로 소가 드나들던 제방길엔
폭풍 속 고요처럼 안개 자욱이 깔리고
여유롭게 싸놓은 생의 한 조각
누런 똥이 드문드문 뭉개져 있다

대학로 꽃나무는
지난 정권을 그리워하지 않는다

대학로 담장 옆, 묵은 꽃나무 가지로도
다시 새 정권이 들어섰음을 안다
그 이전의 어느 정권도 맛보지 못한 진한 꽃 내음,
꽃나무는
비로소 환한 웃음을 쏟아낸다
아직도 꽃나무 두툼한 살갗마다
눈시울 아리게 하는 최루탄 냄새 배었지만
꽃나무는 이제 지난 정권을 그리워하지 않는다

소란스런 구호에 놀라 게슴츠레 꽃눈을 뜨면
최루 가스 안개처럼 터지고
끝끝내 열병을 앓다
떠난 한 맺힌 에미처럼, 그 시절 그렇게 허무히 끝
난 적이 있었으니
지난 정권 그리워하여 무엇하랴

그리움은 눈물밖에 없는 것
다시 들어선 새 정권이 눈물을 씻어주면
대학로 담장 옆, 묵은 꽃나무도 기지개를 펼까
막힌 설움 풀풀 쏟으며 오랫동안 멈추었던
희망의 펌프질 다시 시작할까

개똥벌레

날 구해주세요. sos
풀잎 끝 이슬이 강물처럼 흐르는 풀밭에
내 마음이 푹 빠져
허우적대고 있습니다

컬러 텔레비전 속의 우상들

H.O.T가 뜬다
하늘로 뜬 무지개처럼
선명한 컬러 텔레비전이 뜬다
열광의 비명 속으로 터보가 뜨고, 뒤이어 S.E.S가
뜬다
너무 높이 떠 질식하는 아이들 새로 비쥬가 뜨고
핑핑 돌며 핑클이 뜨고
별이 되고 싶어 젝스키스가 뜨고,
젝스키스 높이 떠 아물거리는 자리에 컨츄리 꼬꼬
가 뜬다
그것들 뒤로 무엇이 뜰까
자꾸만 떠오르는 무지개처럼
욕망은 한없이 부풀어도, 아이들 마음속에는
언제나 선명한 컬러 텔레비전이 들어가 있다

흑백 시절

그 시절이 그리웠지
밀개떡 부슥부슥 폐허처럼 씹혀도
서로 끌어안고 눈물 들이켜는 그때가 그리웠지
어디를 가나, 당최 내세울 것 없는 흑백 시절
옷이나 가구나 돈이나 텔레비전이나
차별 없이 평등을 이루던 시절
그런 시절 부끄럽다고 급기야 문민 정부 만들더니
다시 돌아왔구나,
그 시절, 70년대

가난한 대열

몰골 앙상한 개가
부푼 달을 보며 짖어대는 것이
어쩌면 헐벗은 사람들의 서러운 원망 같아 숙연해
진다
달이 빵으로 보였는지,
누렇게 단 꿀을 입힌 달이 별안간 뜯고 싶어진다
저물 녘, 훤한 달빛 아래
일자리를 잃은 사람들이 줄줄이 서서
푸석푸석 부푼 빵을 배급받고 있다

환락가의 묘비

탈 많은 섹스가 돈벌이가 되는 세상에
창녀들은 골목의 창문마다 분홍빛 등불을 켠다
조등같이 슬프고 허무한 불빛,
한 떼의 불나방들이 몰려와
숨가쁜 환락의 현장을 살핀다
제발 그만두거라. 저 짓거리
시도 때도 없이 시궁창 같은 냄새를 풍길 때
불나방은 열 받쳐 분홍빛 등불에 목숨을 건다
오, 빛나는 순교여
너의 목숨 기꺼이 져서
이 환락가에 신성한 묘비 세울 수 있다면,
그리고 골목의 창문마다 내걸려진
이 세상 암울한 벽 같은
분홍 커튼 걷어낼 수 있다면,

열차와 엉겅퀴꽃

정오의 햇살이 깔린 열차 몇 량,
뱀같이 꼬리를 끌며 오다가, 아지랑이 슬프게 일어
서는 산밑에
풍경화 한 폭 깔았습니다
차창마다 내비치는 삶의 온기,
손때 묻은 보따리들이 차창 속 흐린 불빛에 졸 때
엉겅퀴꽃 까맣게 터져 허공을 날았습니다
누가 봐도 위험한 이 철길에
끈질기게 삶을 틀고 일어서는 엉겅퀴꽃이여

졸지 말아요, 아주머니들
그대들에게 드리워진 삶의 무게가
보따리 속보다 더 암울하고 어두워도
나, 엉겅퀴는 이렇게 질긴 뿌리를 내려
당당하게 꽃을 피우고 흐린 하늘에 자손될 씨앗
수북이 뿌리잖아요

노숙자에게 1
―할복의 계절

할복의 계절처럼
새들은 겨울 하늘 빙 돌다, 지상에 떨어져 눕고
거기 깃털 소복이 빠져 흔들립니다
헐벗은 몸으로 지하철 역에 누운 이여
이제 먼 하늘 쳐다보지 마세요
비상을 하다 추락한 육신들이
싸늘한 지하철 바닥에 처참히
가쁜 숨을 몰아쉬고 있잖아요

노숙자에게 2
—칼날 장미 곁에서

한겨울 며칠, 봄날 같은 날씨 속에서
장미 몽우리 발갛게 물이 오르더니
꽃잎을 활짝 펴 보이더군요
꽃잎은 완전 칼날이었어요
허기지고 아픈 추위를 싹둑싹둑 잘라
험한 세상에 따스한 희망을 불어넣데요
어지러운 골목을 휘돌아 노숙자가 지나가네요
칼날같이 억센 장미 한 손에 꺾어 든 채
벼랑 아래 환하게 웃으며 가네요

벚꽃길에서

동학사 부푼 벚꽃길 따라
이승의 안쓰러운 삶이 술렁거린다
큰 물음표만 남기며 떠나가는 노승 뒤로
어쩌다 목어 소리 묻어 날리고, 그런 날은
꽃구름 속에 붕 떠 있는 다른 세상처럼
동학사 벚꽃길은 거대한 풍선처럼 부푼다
오늘, 이 벚꽃길에서 머리를 감고 싶다
이승의 묵은 때를 벗기며
곧 다가올 새 세상의 선한 부처로 태어나고 싶다

노숙자에게 3
——나무와의 대화

벌써 누런 잎이 물들었구나
긴 그늘을 내리며, 허리 꺾인 나무가
노숙자를 끌어안는다
갈 곳 없는 세상에 그래도
이 그늘 아래가 반갑구나
"어쩌다 이 지경이 되었소"
"묻지 마오"
괴로운 듯 머리를 감싸는 사내가
괴로운 듯 묻는 나무의 말을 가로막는다
어쩌면 이 그늘 아래가 영원히
그의 안식처가 될지도 몰라
나무와 영원히 벗이 되어
나무처럼 홀로 빈 몸으로 살아갈지 몰라

마지막 이별

꽃잎 하나쯤 떨어지는 일이
어찌 대수롭지 않겠는가
목마른 시절의 허공을 거쳐
꽃잎이 길을 낸다
한 순간 스쳐가는 바람도
인연이거늘, 그래서 그 꽃잎은 저리 붉은가

꽃잎이 지상으로 떨어지며
나무와 마지막 이별을 고한다
안녕, 이제 떠나렵니다
허공을 떠받친 근육질의 팔뚝에 안겨
참 오랫동안 달콤한 꿈을 꾸었습니다
그래도 지상이 포근한 가슴을 열며
이 죄 많은 꽃잎 받아주니 눈물납니다
감격에 겨워 붉은 눈물 철철 흘립니다

노숙자에게 4
—— 달콤한 꿈

황혼에 접어들자
허름한 지하철 구석에 넝마들이 모여드네
찌든 세월에 부대낀 옷 속엔
상처받은 자들의 거나한 욕설이 묻어 있네
이제는 옷을 털지 않으리
그것들 욕설마저 세상 바깥으로 내보내면
내 텅 빈 가슴은 더욱 황량하리
잠들기 전 옷 속의 욕설을 꺼내
냄새를 맡아보면
아, 나도 저런 세월이 있었구나

사람들과 부대끼며
사람들과 웃고 울고 하던 날이
그리움으로 남아 지하철 구석에서 날아오르면
어느새 잠은 물밀듯이 밀려오고
꿈속에서나마 그 세월
달콤하게 즐기고 싶네

황금소나무의 송홧가루 1

바람이 불 때마다 속절없이
가지를 위로만 들어올리는
저 황금소나무의 손 안에는 무엇이 있나
햇살은 눈부셔도
가슴 따스한 자들의 눈물을 적시게 하는
이 배고픈 3월,
들판따라 밀려오는 보리 내음도
높은 산골 넘어가는 뻐꾸기 소리도
흥건한 눈물 닦지 못하는데
아무것도 내줄 것 같지 않는 봄날,
황금소나무야
그 움켜진 손 안에 들어 있는
황금 가루를 우리 모두 골고루 나누어 갖자꾸나

황금소나무의 송홧가루 2

늦게사 황금소나무의 진심을 알았네
배고픈 땅에 잡풀들만 처량할 때
황금소나무가 왜 솔잎을 흔드는지를
오, 저건, 황금 가루
내 일찌기 볼 수 없던 황금 가루에 눈이 멀었네
어쩌다 이 세상, 황금은 바닥나고
속절없이 욕심뿐인 세상에 오, 반가워라
나는 따라갔네
솔잎이 흔드는 바람길 따라 황금 가루를 쫓아갔네
황금 가루는 쉬지 않고 흐르다가
달빛 고요히 잠든 산동네에 흩어져버렸네
그러나 산동네는 조용했네
아무도 황금 가루를 받지 않았네
욕심도 없었네
그렇다고 절망도 없었네
그저 묵묵히 황금 가루가 쌓이는 마당과 지붕 위를
바라보고 있었네
나는 퍼뜩 잠을 깼네
아아, 그러나 그 황금 가루는 황금이 아니었네
그 흔하디흔한 송홧가루였네

번데기

텅 빈 고치가 골방처럼 어둡다
그 속에서 도인처럼
웅크리고 앉은 사내
몇 날의 긴 세월을 수행으로 견디고 있다
눈부신 나비가 되기 위해
나무아미타불 노래 마음속 깊이 새기며
그 사내는 죽은 듯
해탈의 꿈을 꾸고 있었다

노숙자에게 5
──가난한 손

수십 리 허공에서 햇살도 짤렸는가
눈보라 가슴치는 아래 세상, 냉혹히 춥다
짤린 사람들이 눈보라 속을 헤매고 있다
시위해서 짤리고, 뒷돈 챙겨서 짤리고
바른말 하다 짤리고
짤린 사람들이 하나, 둘 노숙자가 되고 있다
따스한 햇살 한 점 들지 않는 텅 빈 주머니에
가난한 손만 집어넣고
눈보라처럼 풀풀 흩어진 가족들을 그리워하고 있다

고단한 시대, 영혼의 실업 일지
혹은 민중적 생태 시학의 설법

한　　기

1

"하느님이 보시기에／이 미세한 씨앗도 우주이다"(「씨앗론」)고 시인은 말하고 있다. 그렇게 한 편의 시 속에도 우주가 깃들여 있는 법이라고 시학자들은 말한다. 그 세계의 무량함이 한 권 시집의 경우라면 더욱 말할 것이 없을 것이다. 시집을 읽고 반응한다는 일의 두려움이 이로부터 주어진다고 여겨진다. 비의의 언어로 가득 찬 우주적 신비의 시적 사유의 세계를 제한된 지면의 언어 분량으로 재고, 명명한다고 하는 일, 그것이 난감한 일일 뿐더러, 애초 불가능한 일일 수도 있다는 생각은 비록 초심의 평자가 아니라, 대가 비평가라 하더라도 주어질 수 있다고 생각된다. 더구나 일면식도 없는 시인의 시집을 읽고 거기에 주석을 달아야 하는 일이라면……

‘해설’이라고 하는 것은 알다시피 대상에 관해 잘 안다는 것을 전제로 씌어지지 않으면 안 되며, 그렇기 때문에 모르고도 괜히 아는 척하지 않으면 안 되는 일이라고 할 수 있다. 교사 노릇과 똑같은 이치의 일인 것이다. 그렇다면 이런 경우, 시인을 잘 알지 못하면서, 그 시인이 쓴 시는 잘 알겠다고 할 수 있는가. 그럴 수는 없는 일이라고 나에게는 생각된다. 시도 결국은 사람이 하는 일이라고 나는 믿기 때문이다. 물론 사람을 안다고 하는 것이 많은 경우 우리에게는 그 사람의 일을 통해서 주어지는 법이기도 하지만, 반면, 일의 주체를 모른다면, 우리는 그 사람 일의 종작에 대해서 매번 불확실한 느낌에 사로잡히게 될 것이다. 「시여, 침을 뱉어라!」에서 김수영은 시를 쓴다고 하는 일이 매번 기존의 시를 부수지 않으면 안 되는 일이라고 했지만, 결국 우리가 아는 김수영은 그 시들의 총체로서 김수영인 셈이다. 매일매일의 자기 갱신으로서 댄디즘과 모더니즘의 이념을 말한 사람이 또한 보들레르였지만, 보들레르에 대한 어느만큼의 이해를 가지고서 우리는 또한 보들레르의 시들을 이해하는 것이다. 시/시인 분리론이 근본적으로 성립될 수 없다고 보는 것은 이 때문이다. 모더니즘의 시론들이 지나치게 기호 놀이의 성격을 지니게 되는 것도 기본적으로 이 시/시인 분리론에서 연유한다고 나는 본다. 그렇게 되면 속성적으로 난수표의 성격을 지니지 않을 수 없다고 지적되는 현대시에 대해서 그 풀이의 작업은 더욱 난해한 암호 풀이의 위험 부담을 우리에게 지우게 될 것이다.

시 풀이에 나서기 전에 시인을 좀 알았으면 하는 소망은 이런 이유 때문에 가지게 되었다. 그러나 나는 시인을 만날 수 없었다. 시인이 지방에 거주한 탓이다. 직장에서 현재 시인은 눈코 뜰 새 없이 바쁜 와중에 있는 것으로 여겨졌다. 시인을 만나러 서울에 있는 사람이 지방행 나들이를 시도할 수도 있었으리라. 그럴 수도 있었겠지만, 그러나 어떤 식으로든 나 역시 서로간에 부담을 주는 일은 피하고 싶었다. 그래서 전화로 연결을 시도했고, 수화기 너머로 들려오는 그의 목소리는 작고 부드러웠다. 그때 서로간에 어떤 말들이 오갔던가. 자세한 기억은 없다. 다만 혹시 서울에 올라오는 때가 있다면, 연락 주기 바란다는 말을 했던 것으로 나는 기억한다. 우리의 육성 통화는 그렇게 짧게 끝이 났다. 나는 이제 한 시인의 시집 해설 작업에 나서야 한다. 아는 척하지 않으면 안 된다. 나에게 무엇이 있는가. 시들이 있다. 그 수많은 시들 중에서 내가 가장 잘 이해할 수 있는 시, 내 눈에 척 들어온 시, 한 편을 들어본다. 「어느 실직자의 변」이다.

풍구질을 한다
몇 해 만에 내려와 돌려보는 풍구질,
잠시 기력 잃은 손으로도 풍구는 잘도 돌아간다
알맹이는 풀무 앞에 쌓이고
쭉정이는 멀리까지 날아 흩어진다
아, 야속하구나
산들바람 술렁대는

이 넓은 들판에도 치열한 생존 법칙이 있구나
순금빛의 햇살을 받아
차별 없이 익는 것 같아도, 그대들끼리
눈에 보이지 않는 경쟁을 하는구나

들판을 보니 잠시 허망해진다
그 오랜 세월 삶의 비명에 도시는 무너져가도
이 들판만은 풍성한 가슴으로
날 맞아줄 줄 알았는데
풍구는 인정 없는 들판의 주인처럼
알맹이와 쭉정이를 마구 골라낸다

이제는 어느 곳에도 쉴 수 없는
나의 자리
알맹이들만 남고 쭉정이들은 영혼처럼 흩어진
거대한 빌딩숲을 생각하며
나는 쫓겨난 쭉정이가 되어
열심히 풍구질만 해댄다

이와 같은 시를 굳이 해설해야 한다고 믿는 사람은 별
로 없을 것이다. 그렇지만 왜 이 시가 내 눈에 척 띄게
되었는가를 설명하기란 쉽지 않다. 아마도 그때 나는 시
인이 누구인가, 어떤 사람인가에 관심과 주의를 기울이
며 시를 읽는 과정에 있지 않았던가 싶다. 그리하여 여
기서, 나는 시인의 한 편린의 모습, 프로필과 실루엣을
살짝 엿본 기분에 잠겨들지 않았을까.

물론 이 시에서의 실직자, 시적 화자의 '나'가 반드시 시인 자신의 직접 경험과 일치하는 인물인가에 대해서는 일정하게 판단을 유보해두지 않으면 안 될, 미학상의 문제가 제기되는 것이 사실일 것이다. 요컨대 모든 시적 경험의 진술이 반드시 시인 자신의 직접 경험과 일치한다고 볼 이유는 없다는 것이 현대시 이론의 가르침이기도 하다. 하지만 이 시의 경우, 여러 정황으로 보아, 시인 자신의 직접 경험이 바탕이 되어 시가 씌어졌을 가능성은 매우 높다고 판단되며, 설혹 그렇지 않다 하더라도 여기에 시인 특유의 세계 인식의 면모와 경험적 공감의 지대가 잘 나타나고 있어서 시집 전체의 염탐을 위한 한 단서의 시로서는 충분하다고 여겨진다. 하나의 시집에도 이를테면 매듭과 같은 것이 있어서 그 매듭을 풀어헤친다면 시세계의 전체적인 윤곽과 면모가 확연히 몸체를 드러내는 그런 요격의 시가 있다고 볼 수 없을까. 이처럼 미리 척후병이 나가 적정을 살피듯이 시집 전체의 요해를 위한 한 단서의 시로서 나는 이 시를 선택했다고 할 수 있으며, 따라서 이 시의 잘나고 못난 것과 시의 선택 사이에는 아무런 관련이 없다. 생기기로만 친다면야, 이보다 잘생긴 시를 이 시집 안에서 얼마든지 더 꼽을 수 있을 것인지 모르나, 때로 현실의 대표자들이란 반드시 잘생긴 자들만은 아니지 않던가. 이 시인이 누구인가에 대해서 아직은 주어진 정보가 태부족인 상태에 있지만, 그래도 희미하게나마 실마리를 제공해주고 있다고 판단되는 위의 시를 길동무삼아 이제부터 숨은 시인 찾기의 한 추리 여정을 시작해보도록 하자. 우리의 작업

을 통해 시인의 몽타주가 더욱 선명하게 그려질 수 있다
면 물론 더할 나위 없이 좋은 일이겠지만, 설혹 그렇지
못하고 빈 수배 전단만이 여전히 우리 손에 남게 된다
하더라도 어떤가. 이 고단한 시대를 사는 시인의 '실업
일지' 몇 구절쯤은 우리가 음미한 셈이 될 테고, 그 육성
의 증언을 마음에 새기는 것만으로 치열한 생존 경쟁의
밀림 속을 정신없이 살아가지 않으면 안 되는 우리 대부
분 가난한 영혼의 쭉정이들은 얼마쯤 위로받고 정화되는
것일지 모른다. 시인이 됨으로써 스스로 쭉정이의 길을
선택해버린 이 시인은 누구인가.

2

그리하여 위 「어느 실직자의 변」을 곧이곧대로 자기
고백의 한 시편으로 간주하여 읽는다면, 이 시인은 현재
도시 노동자 계급의 일원으로서의 자기 인식을 갖고 있
지만, 본래 농촌의 환경 속에서 자라났고, 현재도 그곳
에 여전한 존재의 뿌리를 간직해두고 있는 시인의 면모
임을 알 수 있겠다. 흔히는 유기체적 농본주의자라고 지
칭되는 역사적 존재의 전통적 면모에 그의 의식의 뿌리
가 닿아 있으리라는 뜻인데, 시를 통해서 이 면모는 좀
더 자세히 확인될 수 있다. 시 「벌촛날」을 통해서 보건
대, 시인의 아버지는 이미 세상을 떠나, "오랜만에 벌초
(를) 하러 온" 자식의 손을 부끄럽게 하는 상태에 있지
만, 아직 생존하여 부지런하고도 억척스런 농민의 상을

간직하고 있는 어머니의 모습은 시 「어머니의 도리깨질」
에 잘 나타나 있다. 남편을 잃고 자식들은 모두 도시의
삶을 찾아 떠나 늙어 혼자 사는 어머니의 일상적인 모습
은 시 「다림질을 하며」에 잘 포착되어 있는데, "주름진
옷을 펴듯, 설움에 얼룩진 밤을 펴"며, "활짝 피어나도
주름투성이인 꽃망울들/〔……〕/달빛 차인 댓돌 밑, 답
답한 봉창 속에서/〔……〕/사랑이 숯불처럼 타는 밤"을
홀로 지키는 노인, '한 맺힌 어머니'의 모습이 바로 그녀
인 것을 시인은 일상적이면서도 감각적인 언어의 주형을
통해 그려내고 있는 것이다. 늙으면 자식 걱정이 또한
부모들의 일이라고 하거니와, "다리미를 들어 주름진 밤
을 펴"는 시간에 홀로 된 어머니가 무엇을 생각하고 걱
정할지는 묻지 않아도 알 수 있다. 여러 자식들 중에도
부모에게는 못사는 자식이 항상 안타깝거니와, 혹시는
이 노인에게도 가난한 시인 아들이 항상 안쓰럽고 안타
까운 것은 아닐까. 시인 아들을 바라보는 그런 어머니의
마음을 시인 스스로 의식하여 쓴 듯한 시가 있다. 민중
적 표상의 한 대표 꽃이라고 할 수 있는 '민들레'에 의탁
하여 감정 이입의 시적 동기를 발동하고 있는 시 「하소
연」이 바로 그것이다. 상징적이고 함축적인 시적 언술의
양상이어서 비의적이라고까지 할 이 시를 유심히 살핀다
면, 이 시인의 실존적 정황과 시인 특유의 상상력의 면
모에 대해서 매우 구체적인 정보를 우리는 얻게 될지 모
른다.

　　무슨 고민이 저리 많은지

민들레는 빡빡머리가 되어 담장 밑 양지쪽에 쭈그리고 있
습니다

가끔씩 머리통이 박살나도록 담장을 치고 받으며

기구한 사연 더 들어달라는 듯 앙탈을 부립니다

제 자식들은 어디로 가는 겁니까

길마저 끊긴 막막한 땅에서

도란도란 웃음꽃 필 가정을 꾸미고 살 곳은 어디입니까

이 시는 아마도 '민들레'에 대한 형용 묘사의 동기로
부터 시상이 주어졌을 법하다. 하지만 시작의 과정에서
어머니의 시선이 지배적으로 작용하게 됨에 모티프는 사
뭇 변전하게 되었던 것으로 보이고, 이런 경우에 우리는
시적 무의식의 존재를 제기해봄직하다. 이를테면 상상력
이라는 것, 혹은 시인마다의 고유한 시적 사유의 형틀이
존재함을 밝히고, 이런 시야에서 최초 시상의 동기, 혹
은 소재보다는 시적 사유의 원형질이 하나의 시 형성에
보다 본질적인 요소로 작용한다고 보는 것이다. 몽상의
추동력, 혹은 예술적 질서화의 힘으로서의 시적 상상력
이라고 하는 것이 바로 이런 개념일 텐데, 이 시의 경우
소재로서의 '민들레'보다는 그 꽃을 바라보는 어머니의

시선이 시 형성의 보다 본질적인 요소로 작용하게 됨으로 말미암아 결과적으로 「하소연」이라는 제목의 저와 같은 시가 도출되기에 이르렀다고 설명할 수 있는 것이다. 이 시가 자식을 염려하는 어머니의 시선과 의식으로 그려져 있다는 것은 직접적으로 "제 자식들은 어디로 가는 겁니까"의 구절로 우선 확인될 수 있다. 하지만 이 시에서 더욱 흥미로운 것은 "무슨 고민이 저리 많은지" "빡빡머리가 되어 담장 밑 양지쪽에 쭈그리고 있"는 "가끔씩 머리통이 박살나도록 치고 받으며" "기구한 사연 더 들어달라는 듯 앙탈을 부리"는 존재로서의 '자식'의 형용이 바로 다름아닌 어머니가 걱정하는 '시인 아들'의 존재적 형용과 매우 흡사하게 여겨진다는 점이다. 일상적 삶을 사는 어머니의 눈으로 바라볼 때, 시인 아들의 존재 형용이란 곧, 유난스런 번민과 투쟁, 그리고 앙탈 같은 언어적 자기 피로 작업에만 집착하여 "도란도란 웃음꽃 필 가정을 꾸미고 사"는 것과는 거리가 먼 존재가 아니겠는가. 이와 같은 시인의 자의식, 어머니의 시선에 의탁하여 자기를 바라보게 되는 시적 사유의 형질이 곧 이 시인의 내부에 존재하는 시적 무의식이라 할 때, 때로 짐스럽게 여겨지는 이와 같은 타자로서의 어머니의 시선, 자기 밖에 있으면서 동시에 또 자기 안에 있기도 하는 이와 같은 타자의 시선으로부터 벗어나기 위해 시인은, 모든 학대당하는 것(존재)들이 발하는 저항의 외침을 대변하는 것을 자신의 시적 소업으로 인식함으로써 억센 도리깨질 뒤에 잠시 쉬고 있는 어머니의 모습을 콩깍지들의 시선을 빌려, "대청에 누워 계신 어머니／번들

거리는 땀을 씻을 새 없이 / 흰 수건을 꽉 졸라맨 때 전
모습이 / 힘에 부쳐 졸고 있는 고문 기술자 같다"(「어머니
의 도리깨질」)고 희화화시킨 장면으로 연출해 보이기도
하지만, 더 자주는 "어머니는 죽어서 별이 된다고 했지
/ 뙤약볕 아래 풀밭을 매다가도 / 행복한 사람들만 모여
사는 별이 된다고 했지 / 〔……〕 / 밭고랑에 풀꽃들 다 떨
어지면 / 하늘의 별들도 떨어진다고 했지 / 〔……〕 / 그래
서 밭고랑의 풀꽃만 떨어져도 / 어쩌나, 저 별들 / 어머니
의 마음은 애타게 흔들렸지"(「풀꽃과 어머니」)와 같이 소
박한 민중적 환상 담론 소유자의 모습으로 그리거나, 또
"애초부터 떨어진 자식들을 손짓한다 / 내 몸의 일부였다
가 / 어쩌다가 남남이 된 사연들, / 간간이 그리움에 젖어
/ 갈매기 몇 마리 보내 애원을 해봐도 / 냉큼 돌아서 앉는
/ 내 옹졸한 자식들아"라고 하든지, "자식들아 굳건히
참아야 한다 / 너희들 무엇이 서운해 / 원수처럼 등 돌리
고 앉아 있지만 / 이것만은 알아야 한다 / 이제는 늙어빠
진 내 육신 / 더 이상 너희에게 도움줄 수 없다는 사실
을, / 우리 서로 마음만 열고 노래한다면 / 불러도 먼 거리
외롭지 않으리 / 손짓해도 먼 거리 슬프지 않으리"(「다도
해」)와 같이 노래함으로써, 비록 바다 위에 떠 있는 섬
풍경을 묘사하는 가벼운 서경시의 자리에서일망정, 생을
발원시키고, 존재를 유지시키는, 생명의 근원 요소, 존
재의 근본 바탕이 모성, 곧 어머니의 존재임을 거의 본
능적으로 깨우치고 있다.
　　이 시인이 대지의 신, 곧 어머니의 아들이며, 그리하
여 땅의 아들이라는 것은 "길마저 끊긴 막막한 땅"(「하소

연」)이라는 본능적 어구 표현에서도 확인되는 바라고 하겠거니와, 「민들레의 왕국」과 같은 자연 소재의 시편들, 특히 식물의 생물을 소재로 한 시편들에서 생명 앙양의 주제 의식이 모성 존재에 대한 몸의 상상력, 그 육체의 상상력과 거의 하나의 태반으로 나타나거나, 최소한 동일한 시적 원천에서 자라난 일란성 쌍생아의 모습으로 시적 언술상이 제시된다는 점으로도 확인된다고 하겠다. 이와 같은 시적 사실들은 존재의 기원에 대한 시인 자신의 투철한 자각의 인식에서 비롯되는 바라고 할 터인데, 이 시인에게 있어서 생명으로서의 존재 가치에 대한 인식과 모성적 육체를 매개로 한 시적 환유의 상상력이 얼마만큼 내면적으로 단단히 통합, 육화된 상태에 있는 것인지는 다음 단형의 짧은 시 「밤꽃」이 웅변으로 입증해 주고 있다고 하겠다.

흰 탯줄처럼 늘어진 밤꽃들이 술렁대고 있다
어머니의 뱃속 같은 허공 속에서
탯줄은 끊임없이 구수한 꿀젖을 빨아올린다
탯줄이 말라붙어 배꼽이 될 때에
밤톨은 비로소 심장의 박동 소리를 내는 것이니
새 생명이 태어나는 밤은 그만큼 거룩한 것이었다

이처럼 대지와 모성에 밀착된 시인이기에 오늘날 생태계의 위기로까지 치닫고 있는 환경 오염, 자연 훼손의 문명적 현실에 대해 경계와 주의의 경보를 발령하고픈 마음이 간단없이 솟아나오는 것일 테다. 하지만 어머니

의 마음으로 대지를 굽어보는 시인답게 환경 위기를 고
발하는 생태 시학의 시들에서조차 그의 어조는 단순히
문명 현실의 고발을 향해서만 치닫는 것이 아니라, 위기
의 환경 현실 전체를 부드럽게 감싸면서, 오히려 낮은
목소리로 우리 각자의 세계관적 전환 결단의 요청을 촉
구하면서, 그것이 실천되지 않았을 경우의 어두운 묵시
록적 예정의 현실을 사뭇 날카롭게 대비하여 보여줄 뿐
이다. 비관적인 문명의 미래를 내다보는 자리에서 그의
목소리는 어둡다 못해 차라리 비장하도록 우울한 죽음의
빛깔을 띠게 되는 것이지만, 이것이 누구의 책임이라기
보다, 존재자 모두가 공동 정범인 그러한 책임의 현실로
주어진 것으로서, 그렇기 때문에 원죄 의식에 기반한 속
죄의 윤리적·종교적 요청이 우리 모두의 존재 정언의
현실로 닥쳐들고 있음을 기회 있을 때마다 깨우치고 있
다. 최초의 시상은 비록 미학적인 동기로 주어졌을망정,
미학과 실천 윤리의 영역·경계를 넘어, 마침내는 묵시
록적 응시의 깊은 함묵의 태도로서, 생명주의자이며 농
본주의자다운 신념의 예언적 지성의 발현을 통해 자기를
결착하고 있는 다음 시편을 보라.

구름 깔린 냇가를 따라
고개 숙인 버드나무를 본다
땅에 닿을 듯 풀어헤친 머리칼을 흔들며
버드나무는 한 생애 씻을 수 없는 속죄를 한다
미안하오, 다 내 책임이오
냇가를 따라 내려오는 폐수가

문명의 껍질을 껴안고 신음할 때
지옥의 범람 속으로 자결하는 버드나무의 꽃잎들
그 슬픈 추억의 풍경을 보듯
이내 우울해지는 시냇가
힘없는 약골로 꽃잎을 건지려는
길게 손 뻗은 냇가의 풀들을 보면서
부황 든 세상처럼
냇가에도 서서히 내려앉는 죽음의 그늘을 본다
　　　　　　　　　　　　　　—「속죄하는 버드나무」

3

　주마간산 격으로 훑어본 셈이지만, 이만으로도 이 시
인의 시적 관심의 범위, 그 시 의식의 세계가 좁지 않다
는 것을 우리는 확인해둘 수 있겠다. 유기체적 농본주의
에 의식의 한 뿌리를 대고 있는 탓이기도 하겠지만, 생
명주의, 혹은 생태주의로 명명되는 세기말 우리 시의 주
요 동력학 속에, 비록 높은 목청으로는 아니로되, 설득
력 있는 울림의 목소리를 그는 보태고 있고, 또한 80년
대 저 질풍노도의 시대를 "머리통이 박살나도록 치고 받
으며" 통과해나온 민중·노동 세대의 일원답게, 사회적
소외 지대의 대변 노력에도 소홀치 않는 견결한 문학적
집념의 자세를 드러내보이고 있다. 사회시학적 가치 추
구 자세를 뜻하는, 이 같은 문학적 현실주의, 리얼리즘
의 태도에서 다섯 편 연작의 「노숙자」 제목 시들이 씌어

졌다고 보겠거니와, 「정비소에서」 혹은 「폐차장 풍경」 같은, 또는 「내시경 검사를 하며」 같은, 문명 비평 정향의 시들 역시 본질적으로는 이와 같은 시적 자세의 연장선상에서 씌어졌다고 하겠다. 현실에 대한 비판적 자세가 치열해지면서, 이에 비례하여 주어지게 되는 현실에 대한 무력감의 의식이 가끔씩 몇몇 작품들(예컨대 「우리 시대 변학도들」이나, 「작동하라, CC 카메라」「쓰레기란 누명을 쓰고」「연예인 공화국」「환락가의 묘비」와 같은 시편들) 속에 짙은 분노와 냉소적 부정의 어조로 이룩된 날카로운 풍자 언어들을 산출케도 하고 있지만, 이런 공격성의 시편들보다 더 많이 가난한 서민들의 삶을 부드럽고 따뜻하게 비추는 노래들이 이 시집의 주요한 길목마다를 차지하고 있어서 시의 마을을 밝고 환한 것으로 만들고 있다. 가령 저녁 끼니의 빵을 배급받는 가난한 실업자 마을의 풍경을 '훤한 달빛 아래'의 풍정으로 인상적으로 묘사하고 있는 다음과 같은 시편을 보라.

> 몰골 앙상한 개가
> 부푼 달을 보며 짖어대는 것이
> 어쩌면 헐벗은 사람들의 서러운 원망 같아 숙연해진다
> 달이 빵으로 보였는지,
> 누렇게 단 꿀을 입힌 달이 별안간 뜯고 싶어진다
> 저물 녘, 훤한 달빛 아래
> 일자리를 잃은 사람들이 줄줄이 서서
> 푸석푸석 부푼 빵을 배급받고 있다　　　—「가난한 대열」

아마 이와 같은 시편 때문만은 아닐 것이다. 시집을 읽어나가는 중에 가끔씩 미소짓게 하거나, 때로 고개 주억거리게 하면서, 일상의 삶 속에서 무시되거나 간과되어왔던 지난 일들, 존재의 작은 부분들을 새삼스럽게 뉘우치고, 다시 돌아보게 하는 것은, 가령, "그래, 너 잘났다/나 배 따면 똥밖에 없다. 어쩔래"(「멸치」)와 같이 촌철살인형 짧은 만담풍 시거나, 또 "오랜만에 덧문을 여니/쏜살같이 튀어나온 놈 하나, 분신 자살을 한다/얼마나 삶이 답답했으면 저토록 처절한가/온몸에 불이 붙어/속절없이 삶의 흔적 지우는 그대여/그 시절, 노동자들도 그러했으리/어둠의 두께 내려 덮이는 세상에서/미운 정치에 길들여진 자본을 깨기 위해/마른 육신에 활활 불을 지핀 채"(「성냥」)와 같이, 일상 주변의 사소한 소재들을 가지고 엉뚱하게 우화적인, 그리하여 일종 뜻 있는 이야기 시(담시)로의 형태로 시적 담론을 전환해 가는 솜씨가 심심치 않게 우리의 무디고 마비된 의식을 일깨워 자극하기 때문일 것이다. 우리의 차가운 냉동된 의식을 일깨워 따뜻한 숨결을 불어넣어주는 이 시인의 능기의 시적 장치는 그러니까 해학과 기지의 언어인 쪽이며, 그 시적 언어의 긴장이 새로운 발견의 인식을 통해 적절히 유지되고 견지될 때, 마치 부비트랩을 밟은 것마냥 튀어오르는 용수철의 시적 탄력을 그의 시는 발휘할 수 있다. 이런 각도에서 「개망초도 자손을 퍼뜨릴 줄 안다」나 「민들레의 왕국」과 같이 미미한 식물의 존재에도 낭만적 상상력의 시적 숨결을 불어넣어, 민중주의적 전통의 이념을 계승하는, 새로운 생태주의형 녹색 시

들도 좋지만, 보다 덜 이념적이고, 덜 의식적이면서도
자연 속의 생태, 생명 현실과 그 속의 인간적 현실을 아
름답고 순수하게 그림을 그리듯 묘파하고 있는 인상파적
녹색 그림의 시들이 더 좋아 보인다. 「날다람쥐가 찾는
달빛」이 바로 그러한 경우의 더 순수한 사례에 속하겠지
만, 조금은 이념적인 의식을 바탕에 깔면서도, 문명과
자연의 중첩 현실, 그 대비의 풍경 속에 인간의 자리를
오롯이 마련해놓고, 설득력 있게 이 세상 공존의 윤리,
원리와 그 의욕까지를 말하고 있는 다음 시편이 더 아름
답고 풍요롭게 보여서 좋게 느껴진다. 이만한 시 몇 편
으로도 시집은 풍성해지지 않던가.

정오의 햇살이 깔린 열차 몇 량,
뱀같이 꼬리를 끌며 오다가, 아지랑이 슬프게 일어서는 산
밑에
풍경화 한 폭 깔았습니다
차창마다 내비치는 삶의 온기,
손때 묻은 보따리들이 차창 속 흐린 불빛에 졸 때
엉겅퀴꽃 까맣게 터져 허공을 날았습니다
누가봐도 위험한 이 철길에
끈질기게 삶을 틀고 일어서는 엉겅퀴꽃이여

졸지 말아요, 아주머니들
그대에게 드리워진 삶의 무게가
보따리 속보다 더 암울하고 어두워도
나, 엉겅퀴는 이렇게 질긴 뿌리를 내려

당당하게 꽃을 피우고 흐린 하늘에 자손될 씨앗
수북이 뿌리잖아요   ──「열차와 엉경퀴꽃」

4

　프로필도 다 그리지 못하고, 겨우 인상 착의만을 알린
꼴이 되고 말지도 모르지만, 이쯤에서 내일 이 시인이
획득할 그럼직한 시인의 초상이 어떨 것인가를 그려보는
것도 무용한 일은 아닐 것 같다. 그 과제는 요컨대 체질
화된 민중 시학의 감수성과 새로운 생태 시학의 방법론
적 추구를 어떻게 조화시킬 것인가의 문제로 주어지지
않을까. 이 시집의 몇몇 성공적인 사례들을 통해 살펴보
았듯이, 우리 생활의 비근한 곳에서 발견될 수 있는 민
중적 이미지의 풀, 꽃, 자연 생태계의 사물들을 소재로
하여 새로운 공존의 윤리를 깨우치는 시편들은 그 서정
적 환기력이 뛰어나고, 메시지의 전달력도 강해서 성공
적인 시가 될 가능성이 매우 높다. 마치 우리 산야에 지
천으로 널린 미미한 풀꽃들만을 찍어 모아 아름다운 도
감으로 보여준 한 탐색자의 작업이 존재하듯이, 이 국토
에서의 가난한 민중의 현실과 그렇게 미미하게 존재하지
만, 자세히 들여다보면, 무엇에도 비교할 수 없는 아름
다움의 자태를 뽐내고 있는 군락의 풀꽃들, 그 자연 생
태계의 사물들에 대해 이 시인이 바치는 애정의 관심은
각별하다. 엉경퀴라거나, 민들레라거나, 개망초라거나,
하는 이름으로 이 시집을 아름답게 꾸미고 있는 풀꽃들

이 바로 그러한 존재들의 대명사인 것이다. 그렇다면 이러한 정향의 시적 자세가 앞으로 어떻게 전개되어서 좀 더 힘있고 설득력 있고 풍요로운 시세계의 구현으로 나아갈 수 있을까.

앞서 가장 먼저 인용해본 시에서 시인 스스로 "이 넓은 들판에도 치열한 생존 법칙이 있구나"라고 말했듯이, 우리의 문학판, 시단에도 엄연히 생존 경쟁의 원리는 작동하고 있다는 것을 먼저 전제해둘 필요가 있겠다. 이와 함께, 시단에 작용하는 생존 경쟁의 원리는 언제든 미학적 원리 외에 다른 아무것도 아니라는 것을 새삼 확인해둘 필요도 있겠다. 미학적 원리라는 것, 요컨대 '미학'이 무엇인가에 대해서 손쉽고 간단한 대답이 주어지기는 어렵다고 해도, 적어도 익숙하고 진부한 것들과의 결별이 그것이라는 점은 이 문맥에서 강조해둘 필요가 있겠다. 김수영이 갈파했던 대로, 한 편의 시를 쓸 때마다 매번, 그때까지의 모든 것을 부수고, 새로이 고쳐 쓰지 않으면 안 된다는 원칙의 천명이 이 원리와 관련된 것이다. 매일매일 자기 자신을 갱신해나가지 않으면 안 된다고 한, 보들레르의 댄디즘, 모더니즘의 개념이 또한 이 원리와 관련되어 있다는 것을 새삼 환기해둘 필요가 있겠다.

이런 원론적 이야기를 이 자리에서 되풀이 강조해보는 것은 한 권의 시집 안에서 동일한 성격의 방법론이 너무 쉽게, 자주 되풀이되는 경우를 우리는 늘상 보아오기 때문이다. 이 시집의 경우에도, 사물을 의인화시키거나, 물상에 정령을 부여하는, 소위 낭만주의 기원의 감정 이입의 방법이 지나치게 자주 애용되고 있지는 않은가 하는 점을 아쉬움으로 지적해볼 수 있다. 생태시가 지니는 속성상 이와 같은 낭만적 상상력의 적용이 일면 불가피한 바 있다 하더라도, 상투적이라는 느낌을 줄 정도로 그것이 남용되는 양상이 빚어질 때, 오히려 시적 발상 전체를 상식적 관념의 차원에 머무르게 하면서, 독자에게 식상감을 안겨줄 우려가 크다. 새로운 발견의 기쁨과 더불어 이룩된 민중적 생태 시학의 시들이 드물게 보는 시 읽기의 재미를 안겨줄 수 있는 것에 비하면, 과도하게 이념 지향적이고, 의식 지향적인 시들은 거기에 아무리 높은 열도의 생명 호흡을 불어넣어본다고 했댔자, 무미하여 덤덤한 시적 효과를 산출할 수밖에 없다는 점을 독자의 입장에서 적기해둘 필요가 있겠다. 오늘날 우리가 시를 쓰고 읽는다는 것은 이 시집의 「컬러 텔레비전 속의 우상들」가 적절히 환기하여 보여주고 있듯이, 말초의 감각을 향해서만 달려가는 수많은 대중 문화의 양식, 매체들과 치열하게 생존 경쟁을 벌이는 현실 속에서 이루어진다는 것을 감안하지 않으면 안 될 것이며, 이 생존 법칙의 현실 속에서 나름대로의 경쟁 우위를 확보하지 못한다면 오늘날 우리의 시 작업이란 푸념이거나, 화풀이에 지나지 못하게 될 우려도 크다는 것을 문학자의 한 사람으로 명기해두지 않을 수 없다. 이처럼 가난하고 고단한 시대에 독야청청 소나무처럼, 대나무처럼, 차라리 숲의 운명이 되기를 각오하고, 투구게의 함성을 길어올리는 시인의 옥빛 같은 소금의 역할에 대해서 언제나 경의를 표하게 되는 것이지만, 나는 그것이 「컬러 텔레비전 속의 우상들」 속 가수들의 노래처럼 더 많이 인구에 회자되는 것이길 바란다. 나는 이것이 "단절된 방안에 갇혀/세상을 개혁하"자는 것 같은, '나비의 꿈'을 꾸는 번데기의 소망 같은 것에 불과함을 잘 알지만, 기적이라도 그것이 황금소나무의 송홧가루처럼 가난한 달동네, 세상 속에 널리 퍼지기를 바란다. 이것은 물론 나의 설법이 아니라, 그의 설법을 보다 더 잘 듣고, 잘 간직하기 위함이다. 그는 본질적으로 자연의 시인, 생태계의 시인이다. 마지막으로 「그의 설법」을 보라.

그의 설법을 들으러 새벽 산에 올랐습니다
낙엽 속에 숨은 노루귀꽃이
쬐끄만 귀를 열고 말없이 앉아 있습니다
빛보다 더 눈부신 설법,
세상을 보는 눈으로는 대체 알아들을 수 없는 그 설법이
햇살처럼 새벽 산자락을 감쌌습니다
삶이 고되어 등 돌렸던 꽃들과 목쉰 짐승들
그리고 산 너머로 달아나는 바람이 한데 모여
그 설법을 잘 익은 꿀밤처럼 맛보았습니다
그래서 새벽 산은 눈부셨습니다
내일도 오늘처럼 눈부실지 아무도 모릅니다